KB253881

저녁 6시

저녁 6시

이 재 무 시 집

창비

차 례

제3부

제4부

제1부

국수

늦은 점심으로 밀국수를 삶는다

펄펄 끓는 물속에서
소면은 일직선의 각진 표정을 풀고
척척 늘어져 낭창낭창 살가운 것이
신혼적 아내의 살결 같구나

한결 부드럽고 연해진 몸에
동그랗게 몸 포개고 있는
결연의 저, 하얀 순결들!

엉키지 않도록 휘휘 젓는다
면발 담긴 멸치국물에 갖은 양념을 넣고
코밑 거뭇해진 아들과 겸상을 한다

친정 간 아내 지금쯤 화가 어지간히는 풀렸으리라

갈퀴

흙도 가려울 때가 있다
씨앗이 썩어 싹이 되어 솟고
여린 뿌리 칭얼대며 품속 파고들 때
흙은 못 견디게 가려워 실실 웃으며
떡고물 같은 먼지 피워올리는 것이다
눈밝은 농부라면 그걸 금세 알아차리고
헛청에서 낮잠이나 퍼질러 가는 갈퀴 깨워
흙의 등이고 겨드랑이고 아랫도리고 장딴지고
슬슬 제 살처럼 긁어주고 있을 것이다
또 그걸 알고 으쓱으쓱 우쭐우쭐 맨머리 새싹은
갓 입학한 어린애들처럼 재잘대며 자랄 것이다
가려울 때를 알아 긁어주는 마음처럼
애틋한 사랑 어디 있을까
갈퀴를 만나 진저리치는 저 살들의 환희
모든 살아 있는 것들은
사는 동안 가려워 갈퀴를 부른다

두꺼운 공책

맑고 푸르고 높고 밝은 하늘
푹 적셔, 숯불 다리미 다녀간 광목으로
팽팽하게 당겨져 있는 능선 일대에
한 획, 한 획 능란하게 써갈기는
수만 자루의 붓, 붓, 붓,
아지랑이 어지러운 이른봄부터
서리 내리는 늦가을까지
울퉁불퉁 맨발의 한해살이
쓰면 바람이 와서 지우고
쓰면 바람이 와서 지우는
천진하고도 무구한 놀이
공중을 나는, 눈밝은 새가 따라 읽다가
때마침 마려운 똥 쉼표와 마침표를 찍기도 하며
날개의 노 더욱 힘차게 젓는
텅 빈 글쓰기여,
만권 책을 읽고도 시끄러운 사람의 생애
도리질치며 거듭 부인하는

하늘 아래 가장 두꺼운 공책,

깊은 눈

마을회관 한구석 고물상 기다리며
한마리 늙고 지친 짐승처럼 쭈그려앉은,
흙에서 멀어진 적막과 폐허를 본다
한때 쟁기가 되어 수만평의 논 갈아엎을 때마다
무논 젖은 흙들은 찰랑찰랑 얼마나
진저리치며 환희에 바르르 떨어댔던가
흙에 발 담가야 더욱 빛나던 몸 아니었던가
논일 끝나면 밭일, 밭일 끝나면
읍내 장터에, 잔칫집에, 떡방앗간에, 예식장에, 초상
집에,
공판장에, 면사무소에, 군청에, 시위현장에
부르는 곳이면 가서 제 할 도리 다해온 그였다
눈 많이 내렸던 겨울밤 만취한 주인 싣고 오다가
멀쩡한 다리 치받고 개울에 빠져 저세상으로 먼저 보
내고
저 또한 팔다리 빠지고 어깨와 허리 크게 상하기도 했던
돌아보면 파란만장한 노동의, 그 오랜 시간을

에누리없이 오체투지로 살아온 그가 오늘
바람이 저를 다녀갈 때마다
무력하게 검붉은 살비듬이나 쏟아내고 있는 것이다
생각해보면 몸의 기관들 거듭 갈아끼우며
오늘까지 연명해온 목숨 아닌가
올봄 마지막으로 그가 갈아 만든 논에
실하게 뿌리내린 벼이삭들 달디단 가을 볕
족족 빨아 마시며 불어오는 바람 출렁, 그네 타는데
때늦게 찾아온 불안한 안식에 좌불안석인 그를
하늘의 깊은 눈이 내려다보고 있다

웃음의 시간을 엿보다

서산 마애석불 돌 속에 새겨진
저 웃음이야말로 꽃 아니고 무엇이랴
무늬도 색깔도 냄새도 없는 저 꽃은 그러나
잔물결인 양 온몸에 번지는 웃음 하나로
보는 사람 문득 적막 속에 가둬버린다
저 인화의 웃음 속에는 시간이 출렁거린다
보는 이 가슴에 활짝 천진을 꽃피우는
저 웃음이야말로 무소불위 힘 아니고 무엇이랴
태어나 천년을 지지 않는,
이후로도 오랫동안 피어 있을 웃음의 잔주름
몸속에 스며 생활의 퍼런 독이 녹는다
저 꽃 낳은 이는 어쩌면
저도 어쩔 수 없는 설움을 살았을 것이다
저도 어쩔 수 없는 미움을 살았을 것이다
돌 속에 핀 꽃은 한동안 저를 다녀간
사람의 생 안으로 불쑥 얼굴 내밀고
활짝 웃기도 할 것이다

철없는 맨발

목욕 마친 여인의 뽀얀 젖처럼
환한 달 떠오를 때 오고 싶었습니다
다 식은 국물처럼 흐린 저녁 간월도에 와서
섬과 섬 사이 동동 발구르며
칭얼대는 아기바다를 봅니다
푹푹 빠지는 갯벌 맨발로 걷다가
숨어 있던 모난 돌에 찔려 흘리는 피,
매번 당하면서도 자주 잊는 우리들 관계처럼
사랑은 흉터를 남기고 또 아물겠지요
맨발에는 나만 아는 상처의 무늬가
몇 겹쳐있습니다만, 다친 맨발은
한동안 물컹하고 쫀득한 살의 유혹
멀리하고 두려워할 것입니다만
그러나 또, 질척한 자궁 속에는
들숨날숨의 무궁무진한 생명들
얼마나 뜨겁게 숨쉬고 있는 것인지
철없는 맨발인들 모를 리 있겠습니까

해산(解産)

늦은 밤 산속 임자 없는 밤나무들
다 익어 영근 밤알 연달아 토해놓느라
날 새는 줄 모른다 도토리나무도
덩달아 바빠져서 바람을 핑계로
몸 흔들어댄다 아람 벌어져 떨어지는
열매들 이마 때릴 때마다 꿍, 하고
산은 돌아눕는다 설핏 잠에서 깬 다람쥐
두리번거리다 곧 귀를 열어젖혀
토독토독 열매를 세다 다시 잠든다
저 멀리 인간의 마을은 불 꺼진 지 오래
신혼방 엿보고 오는 길인지
얼굴 불콰한 달빛
숨가쁜 소리로 환한 숲속
나무들 몰래 일어나 바심하느라 여념이 없다
내일 다산(多産) 마친 나무들 눈빛 더욱 맑고
몰라보게 몸은 수척해 있으리라

감자알

바구니 속 미끈하게 잘생긴 감자알보다

작고 못생긴 감자알에 먼저 눈 가고 손 간다

자주 목 막혀 냉수사발 벌컥벌컥 들이켜며

한입 크게 베어물면

까닭도 없이 삶이 문득 서럽고 경건해진다

경사 심한 비탈밭 속 지하의 시간 캄캄, 더듬거리며

스스로 길 내 가까스로 완성한 동글납작한 몸

섭섭, 서운하게 생긴 감자알들은

울퉁불퉁 요철의 시간 더 가혹하게 견뎌온 것들이리라

푸른 늑대를 찾아서

내 생전 언젠가는 찾아갈 거야, 푸른 고독
광도 높은 별들 따로 떨어져 으스스 춥고
쩡쩡 우는 한겨울 백지의 광야
방랑과 유목의 부족 찾아갈 거야
처음 그들은 낯선 이방인 적의로 맞겠지만
청동빛 근육에서 동족의 피냄새를 맡고는
마음의 시장기 무청처럼 퍼런 얼굴 앞에
네발 달린 짐승 하나 불쑥 적선하겠지
난 날짐승을 더 선호하는 편이지만 그들의 배려
에 갖추어 달게 삼키고 언 강 깨서 입 축이고
그새 허물없어진 그들과 나란히 식구로 서서
컹, 컹, 컹, 산과 하늘 크게 들었다 놓고
깊고도 서늘한 눈빛, 길 세워 다투듯
무인지경 내달릴 거야 가도 가도 끝없는 광대무변
더이상 달릴 수 없을 때까지
초원에서는 더러 행위와 동기가 한몸이라서
더운 피가 시키는 대로 달리는 것뿐

딴뜻 있어 달리는 것은 아니지
달리고 또 달리다 보면 맨발에 달라붙는 진흙 같은
잡념 따위 바람 앞에 검불로 흩어지고
걸핏하면 찾아와 몸과 마음 물어뜯던
까닭 없고 대상 없던 우울과 초조,
울분이며 분노 따위 햇살 만난 눈처럼 사라지겠지
초원의 파수꾼, 떠돌이 협객, 외로운 사냥꾼
내 생전 언젠가는 찾아갈 거야
한마리 변방의 야생을 살며 폭설 내린 어느날
비축해둔 식량마저 떨어지면 파오 우리 덮치다가
불 품는 총구 앞에서
한점 비명, 회한도 없이 장렬하게 전사할 거야

좋겠다, 마량에 가면

몰래 숨겨놓은 애인 데불고
소문조차 아득한 포구에 가서
한 석 달 소꿉장난 같은 살림이나 살다 왔으면,
한나절만 돌아도 동네 안팎
구구절절 훤한, 누이의 손거울 같은 마을
마량에 가서 빈둥빈둥 세월의 봉놋방에나 누워
발가락장단에 철지난 유행가나 부르며
사투리가 구수한, 갯벌 같은 여자와
옆구리 간지럼이나 실컷 태우다 왔으면,
사람들의 눈총이야 내 알 바 아니고
조석으로 부두에 나가
낚싯대는 시늉으로나 던져두고
옥빛 바다에 시든 배추 같은 삶을 절이고
절이다가 그것도 그만 신물이 나면
통통배 얻어 타고 휭, 먼 바다 돌고 왔으면,
감쪽같이 비밀 주머니 하나 꿰차고 와서
시치미 뚝 떼고 앉아

남은 뜻도 모르는 웃음 실실 흘리며
알량한 여생 거덜냈으면,

얼음꽃

문배마을 구곡폭포는 가히 절경이었다
높이와 폭 모두 이름값을 하였고
때마침 얼어 있어서 그 위세는 더 당당하였다
빙벽은 추상같아 바라만 보아도 숨차올랐다
생동하는 추사 김정희 필체, 절대 위엄
하지만 그 앞에서 새삼스레 경의를 표하고
주눅든 어제오늘 읽는 일 따위는 접었다
거듭 눈길 묶는 빙벽 위의 거미인간들
저들의 무용한 놀이야말로 지극한 아름다움 아니냐
목숨 거는 일에 꼭 이유가 있어야 하나
절경은 말 한마디 없이 사람을 빨아들였다
영하의 날씨 매섭게 눈과 바람 몰아왔지만
그럴수록 나는 홍역 앓는 듯 신열로 달아올랐다
어쩌면 위세 당당한 것은 폭포가 아니라
무기교의 동작으로 순간의 방심도 허용치 않는
빙벽에 매달린 저 투명한 정신,
매순간의 인간 생사를 로프에 걸어두고

안간힘으로 내딛는 발걸음마다 하얗게
얼음꽃이 피었다 사라지는 게 보였다

해돋이

해가 돋는다
반짝, 반짝 은빛 금빛 물비늘
눈이 부시다
바다의 길 열리고 있다

밤새 끙끙 앓느라 크게 울던 바다
젖 먹은 아기처럼 순하고 착하다

해가 돋는다
반짝, 반짝 금빛 은빛 보석들
눈이 부시다
바다의 하루가 열리고 있다

토란잎에 구르는 물방울처럼
물고기비늘 반짝이는 건
밤새 바다에 떨어진 별빛
배부르게 먹었기 때문일 거야

해가 돋는다
바다와 하늘이 만나 만든 꽃밭
저리 환하니
물고기들 오늘 하루도 지느러미 세우고
부지런히 바다 누비며
통통 살이 찌겠지

운문사

여승들 모여산다는 운문사에 가서
절 내력도 살펴보고 경관도 둘러본 뒤
일주문 나서다가 사하전(寺下田) 고랑 타고 앉은
스님들을 보았네 토마토처럼 붉게 익은
둥근 얼굴을 하고 삼매에 빠진 듯
땀방울 옷소매로 훔치는, 멀리서도
풀냄새 가득 풍겨오는 여자들 보았네
불쑥, 그 여자들 속에 뛰어들어 나도
한자루 호미 불끈 쥐고 싶었네
그날 나는 구름의 문 열고 들어가
높고 쓸쓸한 경전 한권 읽었네

쓴다

식전에 일어나 마당을 쓴다
찬물 뿌려 아직 잠 묻어 있는 바닥 깨운 뒤
손주 볼 알뜰히 문질러 닦는 할미의 손길로
살뜰하게 구석구석 마당 쓸다보면
아직 보내지 못한 애증과 집착
왜 이리도 많은 것인가
돌에 스민 얼룩처럼 지워지지 않는 것들
마당은 패고 싸리비 끝이 울며 부러진다
싸리비 다녀간 뽀얀 얼굴의 마당에
갓 태어난 햇살과 순진한 참새들 내려와 앉는다
손 씻고 방에 앉아 새삼 생각하노니
한 칸 한 칸 시간의 공백 채워가는 일처럼
두렵고 또 경건한 일이 있을까
안절부절 생각을 풀어놓다가 방문 여니
울타리 밖 골똘한 생각에 잠겨 있던
감나무그늘 그새 백지 마당 한 획 한 획
다는 채우지 않고 넉넉히 적시고 있다

청명

세 평도 안되는 울안 한구석
똥들 쌓여 지독한 냄새,
등짝 빤질빤질한 쇠파리들 부르며
맹렬하게 독 한솥 끓이고 있는데
꺼먹돼지 한마리
걸쭉한 국물에 밥찌꺼기가 담긴
여물통 하나 독차지하고 앉아
게걸스레 비우신 후 네 활개 펴고
한잠 길게 때리고 있는 게 아니신가
저걸 천하태평이라고 해야 하나,
무위도식, 맹목이라 해야 하나
미풍 잔가지 흔들며
하늘 청명하여 구름 한점 없는데
가까운 미래 불운 따위
안중에도 없이 세상 모르게 잠든 돼지 앞에서
나도 어째 슬슬 눈가에 졸음기가 몰려와
졸졸 고이는 것이

여간 성가신 게 아니었다

보리밭

입춘 하루 앞둔 남쪽 마을

바다 쪽에서 불어오는 바람

고개 숙였다 일어서는 보리

종다리 대신 불쑥불쑥 솟는 얼굴들

밥집에서 더러 만나던 고향

시집에서 더러 읽던 연애

오뉴월 부릴 땡깡

파랗게 키우고 있는 보리

아, 사는 동안 마음의 곳간

분가해 나간 것들 너무 많구나

봄을 달래다

환하고 눈부신 봄날
까닭없이 아픈 몸을 달래며
가까스로 잠이 드는데 난데없는 확성기 소리
어찌나 크게 짖어대는지
집요하게 달라붙는 잠의 검불 떼고 일어나
문밖으로 나선다 벚꽃 개나리 살구꽃
일열 종대 혹은 이열 종대로 서서
저마다 손나발 불며 주목해달라
꽃잎 한껏 부풀려 외치고 있다
아무렴, 지난겨울 추위는 참으로 혹독하였나니
살아남은 것들의 잔치 어찌 장하지 않으랴
그대들 꽃피운 언변은 귀에 달고 눈에 밝도록
화려하고 유려하구나
하지만 국수틀같이 지치지 않는 입술이여,
오는 봄 가는 봄을 다 헤아리지는 말아다오
화무십일홍이라 했느니라
부디 가지를 떠나는 날은, 새로이

열리는 한생을 다부지게 살아가거라
지난겨울은 참으로 혹독하였나니
나 또한 밤의 거리에서 성난 민심과 함께
자꾸 도지는 광기를 재워
마음의 불꽃 피우고 또 피웠나니

물수제비

가속의 바퀴에 튕긴 돌처럼 도시를 빠져나와
인적 드문 호수 찾아온 사내
건너편, 한때 삶의 표상이었던 소나무숲
뚫어지게 바라보다 웃통 벗어부치고
수면에 수평으로 눈 맞춘 뒤 물수제비 뜬다
손아귀 빠져나간 돌 아슬아슬, 반짝이는 금빛 수면에
배 대었다 떼면서 날렵하게 날아간다
던질수록 늘어나는 물수제비의 동심원
낡은 치마처럼 잔주름 세웠다 지우곤 하는
저녁의 호수는 경기 들린 아이처럼 깜짝 놀랐다가
덤덤하게 본래의 얼굴로 되돌아간다
가지와 가지 사이 오가며 수다떠는 새와
호수 쪽으로 파란 손 뻗어오던 풀잎도 마찬가지,
수평에 배 대었다 떼며 비상하는 돌의
그 아슬아슬한 긴장에 전율하던 때 그에게도 있었다
하지만 수평을 걷던 돌 이내 물속으로 가라앉듯
삶은 순간 지워지고 만다, 흔적이란 그런 것이다

노을이 떠메고 간 자리 졸졸졸 어둠이 고여
물수제비 사라지고 풍덩, 돌 빠지는 소리 산을 울린다

저녁이 온다

쿨럭쿨럭 각혈하듯

검붉은 저녁 절뚝거리며 온다

공원의 숲속 문득 적막해지고

저녁은 쿨럭쿨럭

한바탕 함박눈 쏟아놓을 듯

잔뜩 흐려 있다

이런 날은 어디 먼 데서
십수년 소식 끊긴 인척
기우뚱, 열려 있는 철대문 사이로
낮달처럼 창백한 얼굴 슬그머니 들이밀 것만 같다

쿨럭쿨럭 어제보다 더 크게

접촉불량의 형광등처럼 그렁그렁

앓는 소리로 저녁이 성큼,

내 속의 그늘로 들어서고 있다

현

누가 빨아 헹군 이불호청
들판이며 하늘 가득 펼쳐놓았나

반짝, 반짝이는 것들 눈 시리게 하고
울컥, 먹은 것 올라올 듯 멀미가 인다

한바탕 몸살 앓는 사월은 와서
죽은 자들 탯줄 묻은 자리로 되돌아가고
뻘 뱉어내는 조개처럼 천천히
산 것들 제 안에 감춘 맨살 아프게 내미는구나

생의 한매듭 닫히고 열리는 계절
삶 여위고 꿈은 살찌는
봄을 잉태한 자 영원히 늙지 않을 것이다

누가 숯불다리미 다녀간
광목 한 필 하늘과 땅 사이 펼쳐놓았나

낮고 아프고 괴롭고 슬프다가
아주 드물게 기쁜 것들, 부신 햇살
빨랫줄처럼 팽팽한 현(絃) 위에서
맑은 음표들이 싹트고 있다

강진만 갯벌

김선태에게

들숨 날숨 크게 숨쉬고 있는,
오래 끓인 곰국처럼 걸고 진한 구멍 속으로
세발낙지 되어 파고들고 싶었네
부는 바람에 이리저리 쓸리며
가랑잎같이 가랑가랑 울던 날들의,
제 깜냥으로 절실했던 청승과 신파
이곳에 와서는 다 가짜가 되었네
누군가 내, 지고 가야 할 미래의 생
빛깔과 냄새로 미리 말하라 하면
한참을 달아올라 씩씩대던 김으로
솥뚜껑 몇번이고 들어올리는,
한파에도 보글보글 들끓고 있는
강진만 갯벌 보여주려네
구멍마다 뜨겁게 몸 담근 소라게처럼
비린 살냄새 잊지 못하는 나
몸에 묻은 뻘 말끔히 씻고도
돌아갈 곳 다시 구멍이라네

제2부

전문가

밥 짓기 위해 쌀 푸러 갈 때마다

눈에 띄게 줄어 있는 자루 예사롭지 않다

우리가 달에 한 번 비우는 자루처럼

삶과 죽음은 심상한 것

내게서도 시간의 낟알 한 알 두 알

시나브로 새어나가 어느새

몰라보게 생의 자루 홀쭉해졌다

어제는 낟알들 한꺼번에 쏟아놓은, 밑 터진 자루

탁탁 털어 반듯하게 개어서는

마음의 창고 안에 고이 모셔놓았다

날마다 빈 자루들 늘어가지만

신이 정해놓은 길 바꿀 수 있는

삶의 전문가는 없다

낱알 하나가 또 소리 없이 자루를 빠져나간다

부조함

저마다 다른 두께의 봉투가

하나 둘 부조함 속으로 들어가

인연의 두께만큼 쌓인다

부조함 속 봉투들은 각기 다른 길을 걸어와

한통속으로 섞여 있다

낯이 익거나 생면부지인 봉투들

같은 표정으로 포개져 있다

부조함은 허기진 짐승처럼 서서

꾸역꾸역 입속으로 들어오는

네모반듯한 슬픔 말없이 삼키고 있다

대속

날뛰는 치질 도려내고 돌아와
파지처럼 널브러져 생각해본다
압정처럼 콕콕 살 찔러대던 통증은
결코, 뜯기고 찢긴 항문 탓이 아니다
입이 지은 죄 대속하느라,
어디 입뿐이랴 코와 귀와 눈
몸에 난 구멍 속으로 정신없이 드나들다
회로 잃은 온갖 시뻘건 감각들
우돌좌충 고장난 문 앞에 저리 분주한 것이다
팥죽 같은 붉은 죄 죽죽 쏟으며
존재의 바닥에서 삐그덕, 닳아 헐거워진
육체의 문 앓아대는 동안에도
먹고 마시고 숨쉬고 빨고 보고 듣고 맡느라
구멍의 식욕은 식을 줄을 모른다

오늘도 누군가 지은 구업 대속하느라
아무도 몰래 냉골의 마루 무릎 꿇고 앉아

굽은 등 들썩이며 참회의 기도
올리는 사람 있을 것이다

권총

어느 날 독일제 HSc 38구경 권총 한자루가
그의 손에 들어왔다 이후 그는 거르지 않고
군살 없는 몸체 기름 묻힌 약솜으로 닦으며
외출 때엔 안주머니에 넣고 다녔다
원하던 것 얻게 된 후 각방 쓰던 아내와
합방하였고 장애 겪던 세상과의 관계 또한
순조롭고 원만해졌다 고비마다 발작처럼 일던
거친 호흡과 두근거리던 불안이 사라졌다
상쟁이 인내의 임계점에 이르게 할 때
상대 몰래 주머니 속 발기한 성기처럼
단단하고 매끄러운 총 애무하다보면
비점에 이른 뜨거운 감정의 부유물
마음의 바닥으로 천천히 가라앉곤 하였다
그에게 근거없는 자부심이 생긴 것이다
어느날 갈망하던 독일제 권총 한자루가 들어오고
그는 한 단계 지위 높은 인간이 되었다
표적은 날마다 늘어갔지만

중독되어 사는 일은 황홀한 재앙,
마침내 권총은 그의 상전이 되었다
그의 수명이 다하는 날 그는 기꺼이 죽을 것이다

여름날 들키다

오후 새떼 검게 고여 찰랑대는 그늘

발길로 차며 오르는 숲길

뒷짐 지고 생각에 골똘한 몽상가의 보폭으로 걷는데

탈난 장이 또 말썽을 부린다

그새를 참지 못해 마렵다고 성가시게 보채는 뒤

달래며 두리번거리다 외진 곳 찾아

면벽의 스님처럼 용맹정진 일을 보는데

낌새 알고 몰려온 날것들

드러난 살에 빨대 꽂고 피 잔치를 벌인다

아이고 따가워라,

아이고 간지러워라, 정신없어라,

간신히 모은 생각들 산탄처럼 흩어지고

대충 갈무리지어 벌게진 얼굴로 돌아서는데

성긴 가지 사이 삐죽 얼굴 내민 낮달

생전의 어머니인 양 배시시 웃는다

다 보았다고, 광대짓이 따로 없다고

전후좌우 사방에서 산의 본토박이들

팔랑팔랑 파란 몸 뒤집어대며 웃어제낀다

봄밤

시인 박아무개가
지독한 가난에 두들겨 맞고
알코올성 치매에 영양실조에 폐암으로
중환자실 들어가 생사 넘나들던 밤
면회에서 돌아와 아내 몰래 수음을 했다
더러운 쾌락에 치를 떨며 결코 울지 않았다
여러 해의 봄 한꺼번에 흘러간 그 밤,

청승 신파 뒤 술상 뒤엎던 울분과
소리높여 부르던 단심가,
전화선을 타고 건너오던 물 젖은 소리
이제 너와 함께 과거에 묻는다
70년대 상경파의 불운한 생
끈질기게 따라다니던 꼬리 긴 주소를 지운다
세상에는 어제처럼
눈비 오고 바람 불고 구름 흐르고
해와 달은 떴다가 지며 묵은 달력 넘기겠지만

가던 걸음 문득 세워놓고
들리지 않는 목소리에 귀기울이는
그런 날 더러 있을 것이다

그 여자

만날 때마다 몸과 마음

숯불 위에 놓인 번철처럼 뜨겁게 달구어놓는

그 여자 빼어난 미모가 차라리 슬퍼 보이는,

도발 안쪽에 감추어진 가련함을,

구멍 속으로 기어드는 구렁이같이

무논 속으로 뛰어드는 개구리같이

사랑했네 하지만 그 수려한 미색 속에는

호랑이 날카로운 발톱의 마음도 살고 있어

사랑이 클수록 상처도 컸네

그녀를 사랑하는 일 수만평 진흙밭

새구두 신고 걷는 일처럼 벅찬 일이었네

신은 여자에게 지색을 주고 요철 심한

생의 굴곡 안겨주었네

사랑은 불행까지 품어주는 일

나, 오랫동안 그녀를 앓아야 하네

신발을 잃다

소음 자욱한 술집에서 먹고 마시고
웃고 떠들고 한참을 즐기다 나오니
아직 길도 들지 않은 새 신 종적이 없다
구멍난 양심에게 온갖 악담을 퍼붓다가
혈색 좋은 주인 허허허 웃으며 건네는
다 해진 신 신고 문 밖으로 나오는 길
기다리고 있었다는 듯 찬바람,
바람에게도 화풀이를 하며 걷는데
문수 맞아 만만한 신
거짓말처럼 발에 가볍다
투덜대는 마음 읽어내고는 발이 시키는 대로
다소곳한 게 여간 신통하지 않다
그래, 생이란 본래
잠시 빌려쓰다 제자리에 놓고 가는 것
발과 신이 따로 놀다가
서로를 맞추고서야 신발이 되듯
불운도 마음 맞추면 때로 가벼워진다

나는 새로워진 헌 신발로 스스로의 다짐
때마침 내리기 시작한 눈에 도장 꾹꾹 찍으며
대취했으나 반듯하게 집으로 간다

어린 새의 죽음

아침 숲길 걷다가 푸른 죽음을 본다
벌써 굳어 선지가 되어버린 피,
송판처럼 딱딱해진 죽음 손 위에 올려놓고
경건한 눈으로 들여다본다
그가 남긴 짧지만 두꺼운 서사를 읽는 동안
수목 사이 웅얼웅얼 걸어오는 바람의 기도와
청량하게 흐르는 물의 독경소리
추워 가늘게 떠는 어깨를 감싼다
죽음을 살아오는 동안 새는 자유를 껴입고
즐거웠을까 아니 새장 속 먹이가 부러웠을까
사람들은 너무 쉽게 말하지만
자유 없는 비참과 양식 없는 고통
저 흔한 인습의 저울추로 잴 수는 없다
짧게 살다간 투명한 영혼들
풀잎마다 이슬로 맺혀서는
마음에 묘비명 하나 또 걸어둔다
곧 부패의 시간이 새를 다녀가리라

그는 이제 한마리 벌레 한그루 나무

한포기 풀로 몸 바꿔 또다른 생 경영하리라

그의 때이른 죽음에 내 지나온 생과

다가올 생 포개 심고 돌아와

정결히 손 씻고 밥 한그릇 달게 비운다

시

돌이켜보니 애인들은

못된 술버릇 때문에 모두 나를 떠났다

관계의 공든 탑 술 앞에 무너진다

제 딴에는 간절하고 심각해져서

중언부언 술힘으로 펼쳐놓는 것인데

이미 물먹은 솜처럼 애인들,

막무가내로 밀고 들어오는 말의 폭주

끝내 견디지 못했던 것이다

모름지기 연애할 때 마시는 술은

적당한 도수에 적당한 주량이 좋다

술은 묵직한 입 열어

달콤새콤한 밀어 애인의 귀에 흘려보내게도 하나

수위 넘은 말의 홍수로

구토 부르기도 하는 거여서

말 잘 부릴 만큼만 마셔주는 게

연애의 격에 맞다

떠난 애인들 애타게 호명하는 시(詩)여,

너무 취하지 마라

넘어진 의자

누가 저 의자를 넘어뜨렸나
한 평 반 벌방 속 젖어 축축한 자들에게
달콤한 휴식을 주던 의자
고시원 옥상에 버려져 있다
한쪽 다리가 꺾일 때까지
비닐가죽 깔판 속 근육 뭉친 솜들이
터진 틈으로 질질 샐 때까지
묵묵히 무게를 견뎌온
저 순결한 이타,
누가 있어 기억이나 해줄 것인가
비명도 없이 쏟아지는 비
흠뻑 젖은 제 영혼 추슬러
스스로의 무릎에 앉히고 있는,
버려진 의자

우물

찰랑찰랑 넘칠 때는 깊이를 몰라

낮밤 없이 은빛 수면 다녀가는 것들

짚새기로 닦아낸 노줏발처럼

은밀한 추억 되어 반짝, 반짝이더니

오랜 가뭄 끝의 바닥

사소한 부주의가 하나 둘 시나브로 빠뜨린

온갖 잡동사니 그득하구나

가지 떠난 꽃으로 냄새 피우는 사랑

꼬리에 꼬리를 물고 번지는 추문, 추문들

청승

몸 늙으면 마음도 함께 늙었으면 좋겠다
나이를 따로 먹은 몸과 마음의 틈바구니
청승은 불쑥 고개를 든다 코앞이 지천명인데
광기의 역사 속 아픈 사랑을 다룬
주말드라마 보며 울컥, 오늘도
선지피처럼 붉게 치미는 설움덩어리 안고
식구 몰래 복도에 나와 쓴 담배 피워문다
시간의 지우개로 거듭 지워온, 서슬 푸른 사연들
되감기로 새록새록 살아나 잠시 목메고
말라 퀭한 눈에 천천히 추억의 즙 고인다
설렘이니 그리움이니 기다림이니
밥찌꺼기만도 못한 감상 따위
애써 외면하고 살아온 세월 하, 얼마인데
철지난 옷같이 칙칙한 신파로
몸속 귀때기 파란 청년은 또 울먹이는가
젊은 날은 하는 일마다 뻔하고 시들하더니
오늘에야 절제 없이 심란하고 분주한 것인가

몸 늙으면 마음도 함께 늙었으면 좋겠다

아버지 너머는 없다

아버지 삽과 괭이 들고 땅을 파거나
낫 세워 풀 깎거나 도끼 들어 장작 패거나
싸구려 담배 피우며 먼 산 바라보거나 술에 져서
길바닥에 넘어지거나 저녁밥상 걷어차거나
할 때에, 식구가 모르는 아버지만의 내밀한
큰 슬픔 있어 그랬으리라 생각하곤 하였다
아버지의 무능과 불운 감히 떠올릴 수 없었던,
그러나 그날의 아버지를 살고 있는 오늘에야
나는 알았다 채마밭 풀 뽑고
담배 피우던 아버지는
흙에서 태어나 흙으로 살다 갔을 뿐이라는 것,
늦은 밤 멍한 눈길로 티브이 화면이나 좇는
오늘의 나를 아들은 어떻게 볼까
자본을 살다 자본에 지쳐 돌아온
나를 바라보는 네 눈길이 무섭다
아버지들은 아주 먼 옛날부터 오늘까지
연장으로 땅 파거나 서류 뒤적이거나

라디오 연속극 듣고 있거나
배달되는 신문기사 읽고 있을 뿐이다
아버지에게서 아버지 너머를 읽지 말아다오
아버지 너머 아버지는 없다

빈 자리가 가렵다

새해 벽두 누군가 전하는
한 선배 시인의 암선고 소식 앞에 망연자실,
그의 굴곡 많은 이력을 안주로 술 마시며
새삼스레 서로의 건강 챙기다 돌아왔지만
타인의 큰 슬픔이 내 사소한 슬픔 덮지 못하는
이기의 나날을 살다가 불쑥 휴대폰 액정화면
날아온 부음을 발견하게 되리라
벌떡 일어나 창밖 하늘을 응시하는 것도 잠시
책상서랍의 묵은 수첩 꺼내 익숙하게
또 한 사람의 주소와 전화번호 빨간 줄을 긋겠지
죽음은 잠시 살아온 시간들을 복기하고
남아 있는 시간 헤량하게 할 것이지만
몸에 밴 버릇까지 바꾸어놓지는 못할 것이다
화제의 팔할을 건강에 걸고 사는 슬픈 나이,
내 축축한 삶을 건너간 마르고 창백한 얼굴들
자꾸만 눈에 밟힌다 십년을 앓아오느라
웃음 잃은 아내도 그러하지만

생각하면 우리는 모두 죽음을 사는 것인데
생의 종점에 다다를수록 바닥 더 깊어지는 욕망,
죽음도 이제 진부한 일상일 뿐이어서
상투적인 너무나 상투적인 표정을 짓고 우리
품앗이하듯 부의봉투를 내밀고 있지 않은가
나도 모르게 죽음의 세포가 맹렬히 증식하는 밤
빈 자리가 가려워 전전반측 잠 못 이룬다

소리에 업히다

자지러지는 풀벌레울음의 들것에 실려

둥둥, 풀밭을 떠내려간다

장대비로 쏟아지는 매미울음의 수레에 실려

후끈 달아오른 자갈길 시원하게 내려간다

젖어 무거운 생 가볍게 업고 가는

소리의 뒷등 멀찍이 바라다본다

종소리

아랫마을 성당에서 울려퍼지는
종소리, 종소리들
그중 하나 대열에서 빠져나와
몰래 골목, 골목을 돌아
하늘 가장 가까운 마을 찾아나선다
맨발로 가파른 빙판길 오르다,
오르다가 미끄러지고
오르다가 미끄러져
무릎 까져 피흘리는 하나님

아랫마을 성당에서 울려퍼지는
종소리, 종소리들
저 보이지 않는 견고한 평화의 울타리

하루

갓 부화한 병아리들처럼
파릇파릇 배냇짓 앙증맞은 모들을 본다
온통 6월 들판이 시끄럽고 분주하다
논은 있는 힘껏 젖 내밀어
새끼들 입에 물리느라 여념이 없다
첫애 순산한 새댁 젖가슴처럼 물컹물컹
그걸, 바라보고 있자니
나도 모르게 살갗 속 숨은 예민한 촉수
뾰죽뾰죽 돋아나서는 저릿저릿 소름꽃 피운다
불량기 가득한 구름소년 몇
바지 벗고 철없이 까불대며 찰방거리고
사방팔방에서 나이든 풍경들 몰려와
은근슬쩍 다투어 후끈 단 몸 담갔다 빼기도 한다
그러거나 말거나 논은 애엄마의 표정으로 한결같다
이윽고, 젖 물리도록 먹고 새근새근
잠든 어린 모들의 길고 긴 여름 하루가 저문다
하루하루 모들의 키가 자라날수록

들판은 숯불다리미 다녀간 풀먹인 광목처럼
수평으로 팽팽하게 당겨질 것이다

제3부

부재에 대하여

아픈 아내 멀리 요양 보내고
새벽 일찍 일어나
쌀 씻어 안치고 늦은 저녁에 사온
동태 꺼내 국 끓이다
나는 얼큰한 것을 좋아하지만
아이 위해 '얼' 빼고 '큰' 하게 끓인다
가정의 우환과 상관없는
왕성한 식욕 위해
나의 노고는 한동안 계속되리라
아내에게서 전화가 오면
함께 사는 동안 한 번도
하지 못한, 살가운 말을 하리라
갓 데쳐낸 근대같이
조금은 풀죽은 목소리로

저녁 6시

저녁이 오면 도시는 냄새의 감옥이 된다

인사동이나 청진동, 충무로, 신림동,

청량리, 영등포 역전이나 신촌 뒷골목

저녁의 통로를 걸어가보라

떼지어 몰려오고 떼지어 몰려가는

냄새의 폭주족

그들의 성정 몹시 사나워서

날선 입과 손톱으로

행인의 얼굴 할퀴고 공복을 차고

목덜미 물었다 뱉는다

냄새는 홀로 있을 때 은근하여

향기도 맛도 그윽해지는 것을,

냄새가 냄새를 만나 집단으로 몰려다니다보면

때로 치명적인 독

저녁 6시, 나는 마비된 감각으로

냄새의 숲 사이 비틀비틀 걸어간다

울음이 없는 개

몸속에 꿈틀대던 늑대의 유전인자,
세상과 불화하며 광목 찢듯 부우욱
하늘 찢으며 서슬 푸른 울음 울고 싶었다
곧게 꼬리 세우고 송곳니 번뜩이며
울타리 침범하는 무리 기함하게 하고 싶었다
하늘이 내린 본성대로 통 크게 울며
생의 벌판 거침없이 내달리고 싶었다
배고파 달이나 뜨는 밤이 올지라도
출처 불분명한 밥은 먹지 않으려 했다
그러나 불온하고 궁핍한 시간을
나는 끝내 이기지 못하였다
목에는 제도의 줄이 채워져 있고
줄이 허락하는 생활의 마당 안에서
정해진 일과의 트랙 돌고 있었다
체제의 수술대에 눕혀져 수술당한 성대로
저 홀로 고아를 살며 자주 꼬리
흔들고 있었다 머리 조아리는 날 늘어갈수록

컥, 컥, 컥 나오지 않는 억지울음
스스로를 향해 짖고 있었다

말과 권력

불 들여도 온기 없는, 구들 가라앉은 방처럼
책은 식은 마음 쉽게 달구지 못한다
까닭도 없이 쓰리고 아픈 명치 문지르며 창을 열면
동면의 짐승처럼 웅크린 가로수 생선가시 같은 잎 몇과
살충제에 쏘인 나방처럼 파르르 떠는 별 몇점
아슬아슬하다
병들어 고름이나 흘리는 저 별에게서
미래의 항로 찾는 이 없을 것이다
책장 칸칸마다 서서 칼잠 자며 호명 기다리는
책들의 제목 훑는다, 파리한 영혼의 동맥
링거병 속 핏방울로 떨어지던 관념들 어디로 갔나
정 떨어졌지만 관성으로 만나던 연인과 작별하듯 그들
지난해 이사오며 매몰차게 떨어낼 때
내면의 동굴 서늘하게 울리던 소리를 나는 들었던가
장정 화려하고 고급스러운 책 속엔
주체와 타자와 경계와 국경과 상상계와 상징계
새로 권좌에 등극한 말들 촘촘촘 박혀 있다

지난시대 유행하던 화두와 언어 밀어낸 자들,
수상한 간판 내건 지식 오퍼상들, 언어가 미래를 선점
한다
무한 생성과 증식의 시대 과연 중원엔 고수가 많다
소리없는 전쟁, 말의 배후에도 권력은 있어서
탕진만이 욕망을 쉬게 하리라
사는 동안, 살기 위하여 나 말에 멱살 잡혀
실감과는 상관없는 생 살아왔는지 모른다
초겨울 차고 매운 바람 얼굴을 물었다 뱉는다
가만히 창문을 닫는다

공중전화

잘나가는 몸으로 한때 너는
식욕 또한 왕성해서
뜨겁고 짜고 맵고 싱겁고 차가운
수천수만의 사연 다 삼키기도 했지만
늙은 창부가 된 오늘
식어버린 몸으로 누군가 덜커덕, 떨어뜨린
마음 한조각 허겁지겁 삼키는구나
시대에 뒤쳐져 생의 수거만을 기다리는,
생각하면 창부 아닌 삶 어디 흔하랴
줄고 새는 영혼 부풀려 팔고 오는 길
뚜쟁이처럼 호객하는 너를 보는 일
편치 않다, 우리 시대 다 낡은 서정시여
안쓰럽고 또 서글퍼져서
너의 품에 들어 잠시 칼바람을 피한다
추운 겨울 발 동동 구르며 기다리던
옛 추억은 등뒤에 세워두고
후불을 모르는 세월에게 전화를 건다

식물성 곱창

이글이글 타오르는 숯불

석쇠 위 둥글게 몸 말고 있는,

한때 초원 하나쯤은 거뜬히 소화시킨 기관들

성급한 젓가락들 찌르고 누르고 뒤집는다

달구어진 쇠에 찰싹 달라붙어 불을 버티는

초식기관들 그러나 생전의 소가 그러하였듯

길길이 날뛰는 막무가내의 고집,

토막난 채 흘러나오는 누런 콧물 눈물

깍지를 풀고 노릇노릇 익는 동안

한결 부드러워진다

이제 참나무는 죽어 숯불이 되고

죽은 소의 일부가 안주로 남았다

입속에서 잘게 톱질당한 곱창들

찬 소주와 함께 빈속으로 내려갈 때마다

화하게 피어나는 풀냄새,

왕성한 위액이 또 입맛을 다신다

가을

검붉은 가을이 쳐들어온다

이참에 아예 뿌리를 뽑겠다는 듯

들어올려진 생활에

거듭 삽날 들이대며

농성중인 가을

나는 저 분노한 가을이 쳐놓은

추억의 바리케이드 뚫고 나갈 재간이 없다

떠난 것들

한꺼번에 몰려와 멱살 잡고

흔들 때마다 마음의 방에

가득 쏟아져내리는 검은 기억의 퇴적층

잦은 구토로 링거 꽂은 팔처럼

파랗게 여위어가는 영혼

아아, 누가 저 오래 굶주린

사나운 짐승의 고삐를 쥐어다오

심청전

지아비 대신 돈 벌러 나선 노래방
하루 끼니, 아이들 학원비라도
벌려면 도둑질 빼고 무슨 짓인들 못하랴
직장에서 밀려나 허울뿐인 가장
허구한 날 술타령에 빌려쓴 카드빚
산달 앞둔 임산부처럼 불어나는데
어떤 년은 팔자가 좋아
그깟 가전제품이 다 해주는 살림도
된다고 주둥이가 나발인데
산 입에 맨 흙 처넣을 수야 없지 않느냐
밑천이라곤 몸 하나뿐인데 그나마
성할 때 한푼이라도 더 벌어야 한다
남의 살이라고 다 식은 몸일망정
뜨겁게 더듬어대는 처음 본 사내들 품에
된장에 박힌 풋고추로 안겨
뽕짝에다 포크송 부르고 블루스에 지르박 추며
매운 속내 드러내선 안된다

방에서 방으로 방방 돌다 온밤을 새고
새벽녘 일당 챙겨
오래 삭힌 젓갈같이 흐물흐물한 육신
가까스로 추슬러 시 외곽 변두리
병든 달 앞세워 걷는 한물간 심청이

몸살

감기와 사랑, 구두에 달라붙는 진흙 같은 집착
저만큼 밀어내면 한동안 잠잠하다가
슬그머니 스며와 생활을 물고 흔든다
지천명 코앞에 두고 찾아온 바이러스
벼르고 왔는지 가난한 집에 들른 식객처럼
좀체 나갈 줄 모른다 바이러스도 진화를 한다
요즘 것들은 성깔이 지랄 같아서
질긴 살가죽 잘근잘근 씹기도 하고
성긴 이빨로 뼈마디 갉아대기도 한다
몸에 장기투숙하며 긴한 약속 깨뜨리고
식욕도 의욕도 뿌리째 흔들어놓는다
멀쩡한 나를 쓰러뜨리고
머리에서 발끝까지 다스리고 주무르는 동안
아, 아무도 미워하거나 시기할 수 없고
누구도 간절히 그립지 않다
몸살에 치를 떠는 동안 나는, 축축한
이불 훌훌 털고 일어나 그저

밥 한그릇 맛있게 먹는 것만 소원한다
생활이 피우는 애증의 불꽃 가물가물 시들 때에야
활동을 끝내고 몸을 나가는,
그러나 사는 동안 도가 넘치면 다시 찾아와
허황된 욕심 또 아프게 채찍질할 것이다

그녀의 울음은 함정

그녀가 운다, 그 울음의 내막 경청해야 한다
관능의 입술에서 쏟아지는 말의 거품들
술집 마담의 잔잔한 미소처럼 그 울음은
매번 나를 부풀게 한다 그러나 그녀
사랑을 증오로 갚고 떠나는 연인처럼 순간
돌변하여 내 생의 비밀 빼돌릴지 모른다
자지러지게 울며 주목을 끌지만
막상 그녀가 전하는 사연이란 대부분
추수 끝난 벌판의 검불 같은 것,
하지만 울음의 덫에 이미 걸려버린 나는
오늘도 한끼 양식을 그녀에게서 구한다
불행하고 처량해도 이제 그녀가 없으면
나의 인연들은 주린 배 채울 수 없다
아아, 불안하게 종일 침묵하던 그녀가
마침내 또 호들갑스럽게 울기 시작한다
마음보다 손이 먼저 반가워 달려나간다
폰팅광고,

그녀를 원망하지 않는다
내 마흔 이후의 생을 경영하는 여자
그녀가 지배하는 시간이 무섭고 황홀하다
그녀의 함정 속에 점점 안착되는 나의 생

날카로운 각

자로 잰 듯 정직 성실한 보폭이
남들 부러워하는 오늘의 그를 만들었다
맹금류의 매서운 눈 전방을 응시할 뿐
그는 우연이라도 하늘 우러르거나
주변 돌아보지 않는다 일상의
주행속도 십계명인 양 지켜온 그에게
시간의 낭비는 죄를 짓는 일
그는 때로 먹는 시간조차 아까워
노변 식당에 서서 끼니를 때우기도 하면서
시간의 연병장 제식훈련병처럼
각진 자세로 보내온 것이다
귀가해서도 신문과 티브이
한 눈으로 읽고, 한 눈으로 시청하면서
저녁 먹고 전화 받고 메일 보내고
정신없이 보낸 일과
꼼꼼히 복기한 뒤 잠자리에 든다
묶인 일에서 풀려날까 전전긍긍인 그는

꿈속에서도 서류 꾸미고 결재란에 사인을 한다

팽이

오늘 나는 한 방향만을 고집하는
저 낯익은 사내에 대해 다시 노래하련다
회초리가 와서 자신의 몸을
때리면 때려댈수록 더욱
돌고 돌면서 미쳐 날뛰면서 그는
회초리가 빨리 더 빨리
다녀가기를 간절히 바라고 있다
맹렬한 속도로 돌고 도는 관성은
바라보고 있으면 바닥에 뿌리를 내린 것처럼
직립의 회전을 보이기도 하나
주기적인 매질이 없으면
언제라도 바닥에 내팽개쳐질 가련한 신세
그러기에 팽이는 돌면서 매를 부르고
회초리는 팽이의 몸에 척척 감기며
가학의 쾌감에 전율한다
저 현기 속에 오늘의 우리가 있다
오, 저것은 얼마나 지독한

자본의 마조히즘과 사디즘이란 말인가

관상용 대나무

도회지 공원이나 술집 한구석
장식품으로 살아가는 저 홀로 대나무
제 뜻과 상관없이 이주되어
실향을 사는,
거주 이전의 자유가 없는 저 나무에게서
옛소련 시절 강제분할 이주를 겪은
사할린 동포의 얼굴을 본다
아메리카 원주민 인디오의 눈물을,
죽어 상품이 된 체 게바라의 혁명을 본다
한 시대 양심의 본이었으나
자본의 데릴사위가 되어 웃음 파는
쓸쓸한 선비의 초상을

가난에 대하여

선과 악의 기준이 사라진,
오직 미추만이 가치를 결정하는 시대에
성자였던, 생을 긍정하던 가난은
선하지도 힘이 세지도 않다
산개되어 얼굴조차 볼 수 없는 가난은
다만 무력할 뿐이어서 크게 울지도 못한다
가난이 힘이 되던 시절이 있었다
뭉쳐서 무기가 되고 전망이 되던 날이 있었다
떼지어 살고 있어서 쉽게 눈에 띄던 시절
가난은 단연 주목의 대상이었다
그러나 가난은 저마다 무력한 개인이 되어
모래알로 흩어졌다 지하로 잠적해버렸다
눈에 띄지 않는 가난에 대하여
누가 관심과 애정을 보일 것인가
생활의 중증장애자, 구차한 천덕꾸러기 되어
몰매 맞는 가련한 왕따,
가난은 이제 선하지도 힘이 세지도 않다

부드러운 복수

시는 삶에 대한 부드러운 복수*라는데
혹, 나의 시는 내 가난한 삶에 대하여
너무 지독한 복수를 꿈꾸어온 것은 아닐까
어쩌면 나는 내 생을 지나치게 분식해왔는지 모른다
어쩌면 나는 내 삶을 지나치게 연민해왔는지 모른다
어쩌면 나는 떠난 사랑에 지나치게 집착해왔는지 모
른다
어쩌면 나는 한 시대 불같이 뜨거운 이념에,
높고 푸른 이상에, 창백한 미래에, 어쩌다
바람에 불려 가로수에 매달리게 된 검은 봉지처럼
위태위태 휘둘려왔는지 모른다
생의 바다에 낡은 그물 고집스럽게 던져오면서
우연히 행운의 대어가 걸려들기를 바라왔는지 모른다
시는 삶에 대한 부드러운 복수라는데
나는 목청 높여 과장되게 고함치고 울어왔는지 모른다
언젠가 나는 죽을 것이고 내가 낳은
부실한 시편들 중 몇몇은 남아 죽은 나를

비웃을지 모른다 생각하면
참으로 두려운 일이다

제4부

돌 속의 물

천차만별 형형색색의 돌 속에 물이 있다

돌의 형상과 무늬는

돌 속에 숨어사는 물이 안간힘으로 새긴 것,

뜨거운 여름날 햇빛 폭포 속에서

물이 슬어놓은 알을 담고 부화 기다리며

몰래 우는 돌 본 적 있는가

죽은 돌은 울지 못한다

돌 속의 물 깍지를 풀면

견고한 생도 푸석푸석 제풀에 숨 놓을 것이다

겨울숲에서

겨울나무들의 까칠한 맨살을 통해
보았다, 침묵의 두 얼굴을
침묵은 참 많은 수다와 잡담을 품고서
견딘다는 것을 나는 알았다
겨울숲은 가늠할 수 없는 긴장으로 충만하다
산 이곳저곳 웅크린 두꺼운 침묵,
봄이 되면 나무들 가지 밖으로
저 침묵의 잎들 우르르 몰려나올 것이다
봄비를 맞은 그 잎들 빵긋빵긋,
입을 떼기 시작하리라
나는 보았다
너무 많은 말들 품고 있느라 수척해진
겨울숲의 검은 침묵을

칼

집 속에 갇힌 새가 운다
집은 질기고 견고하다

한밤중 집을 나선다
결코 늠름하지 않고 교활한,
적들 밖과 안으로 넘쳐난다
활보하는, 그가 쓰러뜨려야 할 적들
그러나 외출을 오래 즐길 수 없다
그는 가택연금자,
집은 처음의 생각을 바꿔 그를 불러들인다
위험한 생각 접고 길들여진
짐승처럼 집의 부름에 순종한다
몇번이고 행동은 유예된다
집 속에 칩거하는 동안 세상에 대한
그리움은 낡고 무용한 추상일 뿐,
흙과 놀지 않는 연장이 그러하듯이
소용에 닿지 않는 권위는

보기 좋은 장식이 된다
나갈 때와 물러설 때를 아는
단 한 번 요긴하게 쓰일 때를 위하여
침묵을 벼리는
집 속에 갇힌 노여운 사람이 운다
아무도 주목하지 않는다

세월

허구한 날 지청구

힘 부친 일이나 시키고

찬물이나 끼얹고

허구한 날 욕설 퍼부어대며 발길질

어렵게 왔던 여자 쉽게 떠나고

식솔 제 명에 못 살게 하고

믿는 도끼 발등 찍고

몽둥이 휘둘러 마음 가지 부러뜨리고

홧병 심어놓더니

몸속 기관들 이음새 느슨하게 풀어놓더니

사는 게 다 그렇지요, 허허허!

실없는 사람 되게 하다가도

불끈 솟는 욕망으로 벌겋게 몸 달궈놓더니

그래도 가고 나면 빈 자리 커서

아쉽고 허전한 그것,

백련사 동백꽃

동백나무들은 장애수(障碍樹)였다
암병동 환자처럼 하나같이 괴롭고 불편한 육신들
성긴 가지끼리 깍지를 껴,
서늘한 그늘 드리우고
임종 직전 꾸역꾸역 환자가 토해내던 피
뭉클뭉클 붉게 피우는 꽃숭어리들,
지병 안고 사는 자들의 소리 죽인 통곡으로
체한 듯 속이 먹먹하다
추(醜)가 만든 미(美), 추사 김정희의 서체를 닮은,
백련사에 가지 말았어야 했다
봉해놓은 과거의 매듭 풀리고 방 안 가득
질펀하게 울음 쏟아붓는,
귀양에서 풀려나 다시 몸과 마음 꽁꽁 묶어오는 것들
지독히 불운한 인연들,
아름다운 사랑은 모두 속붉은 병이었다

황홀한 재앙

산 하나 통째로 삼키고도
식지 않는 저 무서운 식탐을 보라
불의 혀들이 빨고 할퀴고 물고 뱉을 때마다
꾸역꾸역 연기 토해내며 진저리치는 산
불 지나간 자리에 남은 검붉은 상흔
산불은 방심의 한순간에 피어나
몇백 년 가까스로 다스려 지녀온
살림의 목록들 흔적도 없이 태워버린다
불알 두 쪽만 달랑 남은 산 그러나
모든 것 차압해간 불 원망하지 않고
적막 우려낸 이파리들 돋을 때까지
길고 긴 고생대의 시간 묵묵히 견딜 것이다
미친 사랑의 산불이여, 오라
물기 바짝 말라 타기 좋은 산으로
내 기꺼이 너를 맞아 즐거운 밥이 되리니
건조한 반복보다는 황홀한 재앙 살고 싶으니

바다의 시인들

수십 수백 마리의 장엄하고도 도저한
행진을 보라
저것이야말로 위대한 잔치가 아니냐
저들, 바다의 건달이 추는 무위의 춤사위
그을음 낀 영혼의 등잔 닦는다
살 오른 낭만, 파란 꿈 통통 튀는
저 바다의 시인들을 보아라
그러나 오늘 우리는 슬프고 또 슬프다
가난을 사는 우리 지상의 시인들은
멸종해가는 바다의 시인들이 아프고 괴롭다
바다의 배우들이 열연하는 황홀, 찬란한
오페라를 보아라 바다의 군악대가
연주하는 저 귀 부신 행진곡을 들어라
거기, 우리가 잃어버린 태초의 율동과
소리가 있지 않느냐

무덤에 대하여

나지막한 야산에는
어머니 젖무덤 같은
무덤이 참으로 많다
여름날 고봉밥처럼 봉긋,
솟아 있는 봉분 주위로는
바짝 마른 솔잎 같은 햇살
떼지어 몰려와서 바글바글
적멸 한솥 끓이고 있다
모처럼 한파가 풀려
볕 좋은 날
죽은 이도 무덤을 열고 나와
툭툭, 젖어 불은 몸 털며
소음이 반짝이는 저 먼 마을
물끄러미 바라다본다

양수리

한방울 물로 태어나
울퉁불퉁 생의 바닥 기어오는 동안
깜냥대로 잔물결 일으키기도 하고
허무하게 스러지기도 하면서
키운 꽃 몇송이나 될까

실비처럼 어둠 내리는 늦가을 저녁
양수리에 와서 먼지 낀, 차 창문 내리고
뫼비우스의 띠인 양 수만 마리 꼬리 문
독 없는 뱀의 물결을 본다

들썩이는 물의 비늘과
팽팽하게 부풀다 꺼지는 물의 뱃가죽
햇살 다녀가, 적당히 달아오른 물의 꼬리는
똬리를 튼다, 거기 목 졸린 사랑이 있다

서로 밀치고 당기면서 입맞추고

아무나 몸 포개 새끼를 치는 물의 나라,
한방울 정한 물로 태어났으나
자라 유유상종 급수에도 끼지 못하는
저 발 없는 물의 주민들,

합수, 저것은 지우는 경계가 아니라
지워지는 경계 아닌가
골짜기의 맑고 순한 눈빛으로 이제
저들은 돌아가지 못할 것이다

사리암을 찾아서

경북 청도군 운문사에서 분가한 듯
산 중턱에 자리한 조그마한 암자 찾아
경사 육십도가 넘는 산길 오른다
절로 허리 꺾이고 더운 숨 목에 가득
아무렴, 부처 만나는 일 수월해서야 쓰겠는가
죄와 이별하는 값 헐해서야 되겠는가
투덜대는 무릎과 허리 달래며 오른다
살면서 지은 죄 많아 내 몸은 죽죽,
팥죽 같은 땀 흘린다
이렇게 몸속에서 솟아나는 죄 죄다 덜어내면
죽은 뒤 한줌 재로 남은 내 몸에서
단 한 알의 사리 얻기는 얻을 것인가
어림없는 공상에도 젖어보면서
사리암(邪離庵) 찾아가는 길
오래전 잃어버린 나를 찾아가는 길
불볕더위는 수백 수천 개의 불화살이 되어
내 몸의 표적에 와서 꽂힌다

바람

비를 몰고 오는 바람 앞에서
자지러지며 환호하는 여름날 나무같이
청춘의 한때 누구나 죽음 같은 환희를 앓죠
그러나 영원한 바람은 없죠
불시에 불어오듯 불시에 또 사라지는
바람 지나간 자리,
썰물 뒤 개펄에 남은 주름처럼
고독이 무늬를 새기게 되죠
부러진 가지 끝 슬픈 수액이 맺히고
부은 발등에 너무 일찍 저버린 시간들만 쌓이죠
독감처럼 거듭 찾아오는 바람 앞에서
존재는 불안으로 펄럭이겠죠
안쪽에서 생긴 바람 바깥을 흔들기도 하면서
그렇게 그늘은 넓고 두꺼워지죠
터진 튜브 더이상 땜질이 힘들 때까지
바람으로 신명을 살다 바람으로 고달파하죠

낙양에 와서

박물관 한바퀴 휑하니 돌고 나와
나는 우두커니 서서 지켜보고 있었다,

수천수만 군마 지나간 뒤에 남은 시뻘건 머리통들
황토밭 어지러운 비명으로 굴러다니는 것을.

기원 전후 기득권을 지키려 살상 일삼았던
무소불위 영웅호걸과 웃음 팔며 연명했던 절대가인들

살아서는 빛이었으나 죽어 지하묘지
전시품으로나 진설되어 있는 것을.

저를 다녀가는 사람들의 마음 안쪽
재 속의 불씨처럼 아직 자지 않는 욕망,
시큰둥하게 앉아 바라보고 있는 낙양을.

실뭉치처럼 엉킨 햇빛덩어리 한 가닥씩 풀어내어

달게 삼키고 있는 풀들의 왕성한 식욕을.

낙양의 여름은 온갖 풋것들로 무성하였다.

슬픔은 늙지 않는다

내 나이 올해로 오십이니
단명했던 가계사(家系史)로 앞날 예측한다면
삼십년 혹은 사십년 후엔
필경 나는 이미 죽은 이거나
죽어가는 이가 되어 있을 것이다
그날에는 늘 체중보다 웃돌았던 생활의 등짐
내려놓고 홀가분하게 작고 사소한 풍경 되어
세제 풀어놓은 듯 거품 들끓는 세계
물끄러미 관조할 수 있을 것인가
욕망의 과부하로 크게 앓던 육체의 기관들도
긴장의 이음새 느슨하게 풀어놓고
제멋대로 따로 놀다가 기꺼이 벌레들
한끼니 밥이라도 될 수 있을 것인가
발동기가 내뿜는 물처럼 혈관 속
뜨겁게 역류하던 검붉은 피 모조리 빠져나간
몸 추수 끝난 볏단처럼 순하게 말라갈 수 있을 것인가
애증과 집착으로 숯불처럼 이글거리던 눈

차갑게 식어버린 뒤 물 떠난 연못 되어

산비탈 감자꽃 만나고 온

삐쩍 마른 바람이나 품고 있을 것인가

산 자에 대하여는 평가 인색한 사람들도

죽음에는 대체로 관대한 법이니

내 지은 허물과 죄 크게 탓하지는 않을 것인가

내 나이 올해로 오십이어서

앞서 간 이들 적지 않고 또 앞서 갈 이도 있을 것인데

늙지 않는 슬픔은

가까스로 뿌리내린 생 자주 흔들고 있는 것인가

가까운 훗날 일생에 기식했던 그 모든

선악과 미추는 다만 갱지 한장의 풍경으로 남아

누렇게 바래다가 문득 흔적도 없이 스러져갈 것인데

오늘 나는 사소한 이별 하나로

냇가 벗어난 치어라도 되는 양 벌떡벌떡

일상의 비늘 뒤집어대며 호들갑 떨어대고 있을 것인가

노인들의 장기판

푸른 공기입자들 산개하는 저물녘
공원 정자에 모인 노인들의
자못 심각하고 진지한 장기판
구경꾼에 섞여 어깨 너머로 훔쳐본다
車로 질주하다가 卒로 걷다가
象으로 뛰어넘다가 馬로 달리는
네모칸 속에 펼쳐놓은 생,
갖은 궁리 쥐어짜내고 있는 표정들
그들의 지난날 행보가 저리 마냥 진지했을까
때로 車로 오만 떨다가
象으로 馬로 널뛰다
卒에게 멱살 잡혔던 날도 있었으리라
숨길 줄도 알아야 하지만
나갈 때와 물러설 때를 아는 것,
때 지나면 소용없는 수처럼
기회 놓치면 만회가 불가능하다
내기를 건 노인들의 가벼운 흥분으로

비 만난 아욱잎처럼
싱싱한 저녁이 더욱 푸르게 빛난다

물속의 돌

둥글둥글한 돌 하나 꺼내 들여다본다

물속에서는 단색이더니 햇빛에 비추어보니

여러 빛 몸에 두르고 있다

이리 보고 저리 보아도

둥글납작한 것이 두루두루 원만한 인상이다

젊은 날 나는 이웃의 선의,

반짝이는 것들을 믿지 않았으며

모난 상(相)에 정이 더 가서 애착을 부리곤 했다

처음부터 둥근 상(像)이 어디 흔턴가

각진 성정 다스려오는 동안

그가 울었을 어둠속 눈물 헤아려본다

돌 안에는 우리 모르는 물의 깊이가 새겨져 있다

얼마나 많은 물이 그를 다녀갔을까

단단한 돌은 물이 만든 것,

돌을 만나 물이 소리를 내고

물을 만나 돌은 제 설움 크게 울었을 것이다

단호하나 구족(具足)한 돌 물속에 도로 내려놓으며

신발끈을 고쳐맨다

먼 길

이 세상 가장 먼 길

내가 내게로 돌아가는 길

나는 나로부터 너무 멀리 걸어왔다

내가 나로부터 멀어지는 동안

몸속 유숙하던 그 많은,

허황된 것들로

때로 황홀했고 때로 괴로웠다

어느날 문득 내게로 돌아가는 날

길의 초입에서 서서 나는 또,

태어나 처음 둥지를 떠나는 새처럼

분홍빛 설렘과 푸른 두려움으로

벌겋게 상기된 얼굴, 괜시리

주먹 폈다 쥐었다 하고 있을 것이다

젊은 꽃

때 되면 누구에나 밀려드는 시간의 밀물
그 또한 막아낼 재간이 없었다
물에 잠긴 자리마다 검게 죽어가는 피부
지나온 생의 무늬는 목까지 차오른다
하루의 팔할을 사색으로 보내는 그,
긴 항해 마치고 돌아온 목선처럼 지쳐 있지만
바깥으로 드리운 그늘까지 늙은 것은 아니다
주름 많은 몸이라 해서 왜 욕망이 없겠는가
봄이면 마대자루 같은 그의 몸에도 연초록
희망이 돋고 가을이면 붉게 물드는 그리움으로
깡마른 몸 더욱 마르는 것을,
늙은 나무가 피우는 저 둥글고 환한 꽃
찾아와 붐비는 나비와 벌 들을 보라
검은 피부에도 가끔은 꽃물이 든다

그늘과 생명을 위한 '부드러운 복수'

이형권

가령 시인이 "이 세상 가장 먼 길//내가 내게로 돌아가는 길"(「먼 길」)이라고 썼을 때, 우리는 궁극적 지향 대상인 '나'의 정체성이 무엇인지 궁금해진다. 그동안 이재무 시에 나타났던 '나'는 80년대의 폭력적인 정치현실과 불운한 가정현실, 그리고 90년대 이후의 반생태적 현실과 각박한 도시적 일상에 온몸으로 응전하려는 도발적 현실주의자로서의 면모가 또렷했다. 이 시집에 등장하는 '나'도 이러한 특성을 여전히 유지하고 있지만, 이전보다는 비루한 일상생활과 절망적 내면의식 쪽으로 관심을 집중하는 모습을 보여준다. 시인의 언어를 빌리면 그곳은 '그늘'의 세계로서 '나'를 둘러싼 질곡의 현실이자

‘나’의 내면을 구성하는 어두운 영역이다. ‘그늘’은 ‘나’의 안팎에 겹겹이 드리운 채로 밝고 맑은 빛의 세계로부터 고립시켜 비애와 고통과 허무감을 불러일으킨다. 그런데 ‘그늘’은 ‘나’가 건강한 생명의 세계를 지향하도록 고무하는 동력으로 작용한다는 점에서 삶의 부정적인 측면만 의미하진 않는다. ‘그늘’은 오히려 ‘나’에게 삶의 실존적 가치를 천착하게 하고 건강한 ‘생명’의 소중함을 각인시켜주면서 시창작의 열망을 자극하는 존재이다. 그리하여 ‘나’는 “울타리 밖 골똘한 생각에 잠겨 있던 / 감나무그늘 그새 백지 마당 한 획 한 획 / 다는 채우지 않고 넉넉히 적시고 있다”(「쓴다」)고 할 때의 “감나무그늘”처럼, 시를 쓴다.

　이재무의 시에서 ‘그늘’은 중층적으로 나타나는데, 하나는 개인의 삶에서 발원한 것이고 다른 하나는 사회적 차원에서 형성된 것이다. 이들 가운데 개인적 차원의 ‘그늘’은 내면에 고착된 어두운 자아나 일상생활에서 겪는 궁핍감, 또는 사랑의 결핍감에서 발원한다. 그 ‘그늘’의 내면풍경이 형성되는 과정은 이렇다.

　쿨럭쿨럭 각혈하듯

검붉은 저녁 절뚝거리며 온다

(⋯)

쿨럭쿨럭 어제보다 더 크게

접촉불량의 형광등처럼 그렁그렁

앓는 소리로 저녁이 성큼,

내 속의 그늘로 들어서고 있다.

—「저녁이 온다」 부분

‘나’는 하루가 저무는 ‘저녁’에 노을의 풍경을 바라보면서 “쿨럭쿨럭 각혈하듯 / 검붉은 저녁 절뚝거리며 온다”고 한다. ‘저녁’은 생명이 약동하던 낮의 시간을 지나 죽음과 소멸의 시간인 밤으로 진입하는 길목이다. 이 시간을 맞이하면서 ‘나’는 정서상으로 병적, 불구적 상태에 놓인다. ‘저녁’이 “어제보다 더 크게” 신음소리를 내면서 다가오는 것은 시간의 흐름에서 파생되는 허무감이 나날이 증폭되기 때문이다. 더구나 그 ‘저녁’이 “내 속의

그늘로 들어서고 있다”는 것은 애초부터 정서적 불구상
태에 놓인 ‘나’의 내면세계가 더욱 병적인 상태로 나아간
다는 의미를 내포한다. 하루해가 저무는 ‘저녁’이 되면
‘나’의 내면세계는 하릴없이 참을 수 없는 극심한 상실
감과 고통의 그림자로 가득 채워진다. 이것은 일차적으
로 ‘나’가 생래적으로 간직해온 실존적 허무감과 관련되
지만, 더 직접적으로는 “70년대 상경파의 불운한 생”(「봄
밤」)에서 발원하는 것으로 보인다. 외진 시골에서 살다가
혈혈단신으로 상경하여 서울에 정착해 살기 위해 파란만
장한 곡절들을 겪은 ‘나’가 한 시인으로 살아가는 일은
일상적 생활인으로 살아가는 것보다 더 힘겨웠을 것이
다. ‘나’의 마음속 깊은 곳에 자리잡은 ‘그늘’은 융의 심
리학에서, 내면의 열등하고 어두운 국면을 지시하는 ‘그
림자’(shadow)에 해당한다. 이 그림자는 이재무 시에 수
시로 얼굴을 내민다.

시인의 내면에 둥지를 튼 ‘저녁’은 사계절의 흐름에 견
주면 가을에 해당한다. 가을은 낮과 밤을 매개하는 ‘저
녁’처럼 생명의 계절인 여름과 죽음의 계절인 겨울을 매
개하는 ‘그늘’의 시간이다. 시쳇말로 가을을 탄다는 말도
있거니와 이재무 시인은 계절의 변화에 매우 민감하다.

검붉은 가을이 쳐들어온다

이참에 아예 뿌리를 뽑겠다는 듯

들어올려진 생활에

거듭 삽날 들이대며

농성중인 가을

나는 저 분노한 가을이 쳐놓은

추억의 바리케이드를 뚫고 나갈 재간이 없다
—「가을」 부분

　이 시의 "검붉은 가을"은 시간의 단위만 바뀌었을 뿐 앞의 시에서 말했던 "검붉은 저녁"과 다르지 않다. '가을'로 인해 시인은 "들어올려진 생활", 즉 정서적으로 불안정한 삶을 살아갈 수박에 없다. 시간의 흐름에 대한 불만(혹은 불안)을 표상하는 "농성중인 가을" "분노한 가을"은 조락의 풍경과 '나'의 어두운 내면세계가 상응한

결과이다. 이처럼 초민감성 정서를 지닌 '나'가 "추억의 바리케이드"마저 넘어설 기력이 없다는 것은, 이 시의 종결부에서 "파랗게 여위어가는 영혼"이라는 표현과 함께 '가을'을 맞는 '나'의 정서적 고통이 얼마나 심각한지를 드러낸다. 감성적 사람이라면 누구나 계절이 변하는 시기에 마음이 심란해지는 것을 느낄 터이지만, '나'는 '가을'을 맞이하면서 정상적인 일상생활마저 불가능할 정도로 유별한 비애감에 빠져든다. 그런데 '나'에게 마음의 열병을 가져다준 것은 비단 '가을'만이 아니다. "한바탕 몸살 앓는 사월"(「현」)이 되면 "자꾸 도지는 광기를 재워/마음의 불꽃 피우고 또 피웠나니"(「봄을 달래다」)에 드러나듯이 봄의 계절감도 시인의 마음을 흔들어놓는다.

개인적 차원의 '그늘' 가운데 또 하나 지나칠 수 없는 것은 사랑으로 인한 상처와 고통이다. 이재무 시에서는 사랑을 항상 절박한 마음으로 추구해보지만 결국 상처와 고통으로 남는다. 라깡의 '성관계는 없다'는 표현대로 사랑의 욕망은 완성을 향해 달려가는 기표의 무한한 미끄러짐일 따름이다. 이는 에로스적 사랑이 떠안아야 할 피할 수 없는 운명이자 마음의 병이다.

동백나무들은 장애수(障碍樹)였다

134

암병동 환자처럼 하나같이 괴롭고 불편한 육신들
성긴 가지끼리 깍지를 껴,
서늘한 그늘 드리우고
임종 직전 꾸역꾸역 환자가 토해내던 피
뭉클뭉클 붉게 피우는 꽃숭어리들,
(…)
아름다운 사랑은 모두 속붉은 병이었다

—「백련사 동백꽃」 부분

　유별나게 굴곡진 백련사의 동백나무들이 '장애수'라는 특이한 이름으로 명명되고 있다. "괴롭고 불편한 육신들"이 드리운 "서늘한 그늘"은 건강하지 못한 삶에서 파생된 어두운 부면을 지시한다. 동백의 "꽃숭어리들"이 "임종 직전 꾸역꾸역 환자가 토해내던 피"라는 표현도 삶의 고통스럽고 병적인 부면을 전경화한 것이다. '동백꽃'은 삶의 '그늘'에서 발원한 상처와 고통의 표상이고 그러한 '그늘'은 "아름다운 사랑"의 조건이다. 사랑이 항상 "속붉은 병"과 함께 온다고 하는 것은, 근원적으로 미완과 상실의 고통을 수반할 수밖에 없는 사랑의 속성에 대한 인식의 결과이다. 시의 화자는 기형적인 동백나무의 모습에서 삶의 병증과 사랑의 고통을 발견하고 있는 셈인데, 이것은 그가 "사랑이 클수록 상처도 컸네"(「그 여자」)라고 말할 수밖에 없는 이유이기도 하다. 여기서 주목할 것은 이재무 시의 사랑이 대부분 과거완료형 시제를 취한다는 사실이다. 대부분 "떠난 애인들 애타게 호명하는 시"(「시」)인 그의 사랑시는 현실의 사랑을 직접 드러내는 일차적 체험이라기보다는 현실의 사랑을 더 깊이 이해하기 위한 반성적 체험(reflective experience)의 성격을 띤다. 그에게 반성적 체험은 현실의 고통스런 사랑이 아름다운 시로 변용되는 주요 통로이기 때문에 그가 부단히 사랑을 추구하는 것은 결국 시를 쓰기 위한 것이다. 따라서 "미친 사랑의 산불이여, 오라"(「황홀한 재앙」)에서처럼 시인이 부나비의 굴광성에 마음을 주는 것은 그가 그만큼 시에 대한 열망이 강하다는 사실을 알려준다. 따라서 이재무에게 시는 곧 사랑이고 사랑은 곧바로 시이다.

사회적 차원의 '그늘'은 이 시대의 부정적 측면에서 파생된다. 시인은 먼저 이 시대의 경박한 세태에 대한 사람들의 무감각이 우리 사회에 짙은 '그늘'을 드리웠다고 본다. 이 시대에 시인은 소수자 중의 소수자이자 저주받은 운명의 소유자이지만, 진정한 시인은 속악한 세상을 살아가는 과정에서 물밀듯이 다가드는 불행의 '그늘'에서

도피하지 않는다. 그는 서울의 거리를 방황하면서 타락
한 세대의 '그늘'을 발견하고 그곳에서 헤어나지 못하는
자신을 냉소적으로 응시한다.

저녁이 오면 도시는 냄새의 감옥이 된다
인사동이나 청진동, 충무로, 신림동,
청량리, 영등포 역전이나 신촌 뒷골목
저녁의 통로로 걸어가보라
떼지어 몰려오고 떼지어 몰려가는
냄새의 폭주족
그들의 성정 몹시 사나워서
날선 입과 손톱으로
행인의 얼굴 할퀴고 공복을 차고
목덜미 물었다 뱉는다
냄새는 홀로 있을 때 은근하여
향기도 맛도 그윽해지는 것을,
냄새가 냄새를 만나 집단으로 몰려다니다보면
때로 치명적인 독
저녁 6시, 나는 마비된 감각으로
냄새의 숲 사이 비틀비틀 걸어간다

―「저녁 6시」 전문

"저녁 6시"는 타락한 도시문명의 후미진 공간으로 진입하는 시간이다. 세상 사람들을 '감옥'처럼 억압하는 이 시간의 '냄새'는 인간적 절제와 이성을 상실한 도시인의 야성(野性/夜性)을 뜻한다. 시인은 밝고 건강한 낮보다는 어둡고 음습한 밤의 시간을 선호하면서 진실한 인성(人性)을 상실한 사람들에게 눈길을 준다. 현대인에게 밤은 더이상 하루를 조용히 돌아보는 개인적 성찰의 시간이 아니라 집단적 욕망, 협잡, 쾌락, 폭음, 폭력이 난무하는 시간이 되어버렸다. 더구나 "저녁 6시"는 "냄새는 홀로 있을 때 은근하"지만 "집단으로 몰려다니다 보면/때로 치명적인 독"이 되는 시간이다. 그래서 사람들이 집단적으로 불면증에 걸려 삶의 건강성을 상실했음을 발견한 시인은 끝내 "마비된 감각으로/냄새의 숲 사이 비틀비틀 걸어"가는 것이다. 이것은 "사는 동안, 살기 위하여 나 말에 멱살 잡혀/실감과는 상관없는 생 살아왔는지 모른다"(「말과 권력」)고 할 때의 '실감'을 상실한 것과 다르지 않다. 이 시대의 사람들이 "마비된 감각"으로 살아가는 모습은 우리 사회가 건강한 생명력을 상실했음을 암시해준다. 세상 사람들은 마치 "수술대에 눕혀져 수술당한 성대"로 "나오지 않는 억지울음"(「울음이 없는 개」)으로 살아가는 불구적 애완동물과 다르지 않은 존재로 전락한 셈이다.

천민자본주의에 물든 엇나간 가치관도 우리 사회에 드리운 어두운 '그늘'이다. 오늘날 우리 사회는 분명 삶의 진정성, 인간적 진실성, 공동체적 연대의식 등의 긍정적 가치가 외형만능, 물질만능, 이기주의와 같은 속악한 가치에 침식당하고 있다. 부정하고 불순한 사회현실에 대한 강고한 비판의식은 이재무 시인이 등단 초기부터 체득하여 오늘날까지 지속적으로 보여주는 시적 특장이다.

선과 악의 기준이 사라진,
오직 미추만이 가치를 결정하는 시대에
성자였던, 생을 긍정하던 가난은
선하지도 힘이 세지도 않다
산개되어 얼굴조차 볼 수 없는 가난은
다만 무력할 뿐이어서 크게 울지도 못한다
가난이 힘이 되던 시절이 있었다
뭉쳐서 무기가 되고 전망이 되던 시절이 있었다
떼지어 살고 있어서 쉽게 눈에 띄던 시절
가난은 단연 주목의 대상이었다
그러나 가난은 저마다 무력한 개인이 되어

모래알로 흩어졌다 지하로 잠적해버렸다
눈에 띄지 않는 가난에 대하여
누가 관심과 애정을 보일 것인가
생활의 중증장애자, 구차한 천덕꾸러기 되어
몰매 맞는 가련한 왕따,
가난은 이제 선하지도 힘이 세지도 않다

—「가난에 대하여」 전문

'가난'은 현실의 부정적 부면으로서의 물질적 빈궁을
의미하지 않는다. 시인이 말하려는 '가난'은 "성자였던,
생을 긍정하던 가난"이기에 오히려 물질적 궁핍을 초극
할 수 있는 정신적 염결성을 상징한다. 시인이 "뭉쳐서
무기가 되고 전망이 되던 시절"처럼, 천박한 부자보다 깨
끗한 빈자가 존중받았던 과거를 회상하는 것은, 그러한
염결한 정신적 가치가 사라진 오늘의 세태에 대한 아쉬
움의 표현이다. 시인은 그러나 오늘날 신자유주의와 상
업자본주의의 거센 협공 앞에 그러한 '가난'의 가치가 사
라지고 말았음을 한탄한다. '가난'이 이제 "생활의 중증
장애자, 구차한 천덕꾸러기"로서 우리 사회의 "왕따"가
되어버리고 말았다고 한다. 이 시대에 '가난'의 소중한
가치가 사라진 것은 그만큼 우리 사회의 건전한 정신성

이 망실되었음을 뜻하는 것이다. 시의 결구에 보이는 "가난은 이제 선하지도 힘이 세지도 않다"는 자조적 발언은, 악화가 양화를 구축하는 가치전도의 시대에 대한 우울한 자가진단에 속한다.

'가난'의 건전한 가치가 사라진 자리를 차지하고 들어선 것은 자본(주의)의 병중이다. 시인이 가장 주목하는 사회적 '그늘'에 속하는 불건전한 자본은, 모든 길은 자본으로 통한다고 말할 수 있을 정도로 이제 우리 사회의 절대적인 가치로 자리를 잡았다. 건강하지 못한 자본은 소유욕만을 자극하여 극단적인 사회적 불평등을 야기하고 인간적 가치를 파괴하는 폭력적 존재이다. 이를테면 생활고 해결을 위해 "지아비 대신 돈 벌러 나선 노래방"(심청전」) 도우미들의 처절한 삶은 자본의 폭력에 굴복당한 인간의 불행한 모습이다. 그런데 자본을 향한 인간의 욕망은 저 스스로 멈출 수 없다.

오늘 나는 한 방향만을 고집하는
저 낯익은 사내에 대해 다시 노래하련다
회초리가 와서 자신의 몸을
때리면 때려댈수록 더욱
돌고 돌면서 미쳐 날뛰면서 그는

회초리가 빨리 더 빨리
다녀가기를 간절히 바라고 있다
맹렬한 속도로 돌고 도는 관성은
바라보고 있으면 바닥에 뿌리를 내린 것처럼
직립의 회전을 보이기도 하나
주기적인 매질이 없으면
언제라도 바닥에 내팽개쳐질 가련한 신세
그러기에 팽이는 돌면서 매를 부르고
회초리는 팽이의 몸에 척척 감기며
가학의 쾌감에 전율한다
저 현기 속에 오늘의 우리가 있다
오, 저것은 얼마나 지독한
자본의 마조히즘과 사디즘이란 말인가

―「팽이」 전문

　오직 "한 방향만을 고집하는" 팽이는 누군가가 회초리로써 에너지를 제공하지 않으면 계속 돌아갈 수 없는 생리를 지닌 존재다. 이러한 팽이는 주체성을 상실한 채 자본에 얽매여 융통성없이 살아가는 현대인의 자동화된 삶을 비유한다. 팽이가 "주기적인 매질이 없으면/언제라도 바닥에 내팽개쳐질" 존재인 것처럼 자본에 속박당한 사람들도 스스로 행동을 제어할 수 없다. 자본을 향한 욕망은 통제불능이다. 그래서 자본은 팽이처럼 사람들에게서 쉼없이 소유욕망의 매질을 당해야 그 가치가 유지되는 피학적 존재(마조히즘)이다. 자본은 또한 자본주의하에서 살아가는 모든 사람들에게 무한욕망이라는 괴로움을 던져주는 가학적 존재(사디즘)이다. 팽이는 결국 자의반 타의반 자본을 욕망하는 동시에 자본으로부터 괴롭힘을 당하고 사는 불안한 현대인의 초상이다. 특히 "저 현기 속에 오늘의 우리가 있다"라는 시구는 김수영의 "생각하면 서러운 것인데 / 너도 나도 스스로 도는 힘을 위하여"(「달나라 장난」) 돌고 있다는 부분과 유사하다. 두 시구는 공통적으로 '팽이'를 매개로 현대인의 자동화된 일상에서 느끼는 비애를 드러내고 있다. 이 대목은 리얼리즘적 현실비판과 모더니즘적 일상성을 추구한다는 점에서 이재무 시가 김수영 시와 만나는 지점이다. 이 지점에서 시인은 "장식품으로 살아가는 저 홀로 대나무"에서 "자본의 데릴사위가 되어 웃음 파는 / 쓸쓸한 선비의 초상을"(「관상용 대나무」) 발견하기도 한다.

그러나, 이재무 시인은 내면세계와 현실세계에 드리운 '그늘'만을 노래하지는 않는다. 그는 '그늘' 너머의 대안세계로서 봄날에 "파릇파릇 배냇짓 앙증맞은 모들"이 있고 "논은 있는 힘껏 젖 내밀어 / 새끼들 입에 물리느라 여념이 없"(「하루」)는 아름다운 생명의 세계를 추구한다. 그런데 그의 생명세계는 순수한 자연물들이 주요 구성체 역할을 담당할지라도 인간이 제거된 별천지가 아니라 '그늘'진 삶의 고통을 순화시켜주는 공간으로서의 특성을 보여준다.

자지러지는 풀벌레울음의 들것에 실려

둥둥, 풀밭을 떠내려간다

장대비로 쏟아지는 매미울음의 수레에 실려

후끈 달아오른 자갈길 시원하게 내려간다

젖어 무거운 생 가볍게 업고 가는

소리의 뒷등 멀찍이 바라다본다
—「소리에 업히다」 전문

"풀벌레울음"과 "매미울음"은 인간이 감당해야 할

"젖어 무거운 생"을 표상한다. 곤충들의 울음은 인간이 실존하기 위해 떠안고 살아야 하는 근원적 고통의 다른 이름이다. 그런데 울음은 풀밭이나 자갈길과 같은 순수한 자연세계와 어울리면서 극복의 계기를 맞이한다. 울음의 소리들이 '떠내려간다' '내려간다'와 같은 시각적 이미지로 변하면서 고통은 가까이 '들리는' 대상에서 멀리 '보이는' 풍경으로 바뀐다. 이것이 바로 시인이 "젖어 무거운 생"을 "가볍게 업고 가는 / 소리의 뒷등 멀찍이 바라다본다"고 말하는 근거이다. 시인이 보는 풍경은 인생, 혹은 실존이라는 관념을 감각적으로 대상화함으로써 그 고통의 무게를 덜어낸 셈인데, 이런 일이 가능한 것은 시인이 인간사를 멀리하면서 순수한 자연의 세계에 몰입했기 때문이다. 이 시가 보여준 감각적 표현은 현실의 강퍅함을 예술적 언어로 부드럽게 극복하기 위한 이재무의 독특한 방식이다.

생명세계의 진정한 감동은 역설적 상황에서 발원한다. 이재무 시에는 늙은 사람들과 낡은 사물들이 심심찮게 등장하지만, 그들은 죽음에 다가가는 존재가 아니라 진정한 생명의 아름다움을 보여주는 존재이다.

주름 많은 몸이라 해서 왜 욕망이 없겠는가

봄이면 마대자루 같은 그의 몸에도 연초록
희망이 돋고 가을이면 붉게 물드는 그리움으로
깡마른 몸 더욱 마르는 것을,
늙은 나무가 피우는 저 둥글고 환한 꽃
찾아와 붐비는 나비와 벌 들을 보라
검은 피부에도 가끔은 꽃물이 든다

—「젊은 꽃」 부분

　첫행의 "주름 많은 몸"은 고목을 환유하고 "욕망"은 생명의 에너지를 뜻한다. 고목에도 생명의 에너지가 충만할 수 있다고 본 것은 진정한 생명이란 생물학적 속성을 넘어선 역설적 에너지를 갖는다고 간주한 결과이다. 진정한 젊음은 물리적 시간을 초월하는 것이므로 생리적으로 젊은 나무가 피우는 꽃보다 "늙은 나무"가 피우는 꽃이 오히려 더 아름답다고 보는 것이다. 사실 젊은 나무가 "젊은 꽃"을 피우는 것은 당연한 자연의 이치이므로 늙은 나무가 피우는 "젊은 꽃"이 더 큰 감동으로 다가온다. 생물학적 시간을 극복한 이러한 역설적 현상이야말로 생명의 진정한 힘이자 아름다움의 표상이다. 그리고 "늙은 나무"가 노인을 은유한 것이라면 "젊은 꽃"은 인간욕망의 역설적 생리를 내포한 것으로 해석된다. 노인이 "연초록/희망"이나 "붉게 물드는 그리움"을 간직하고 산다는 것은 그의 육신이 이미 늙었어도 아직 젊은 마음을 상실하지 않았다는 증거이다. 생명의 역설적 아름다움에 대한 시인의 신념은 "내 나이 올해로 오십"이 되어도 "늙지 않는 슬픔"(「슬픔은 늙지 않는다」)을 간직한다는 고백에도 잘 드러난다. 슬픔이 늙지 않았다는 것, 희로애락의 감정에 민감하다는 것은 그만큼 창창한 젊음을 간직하고 산다는 뜻이다. 이런 젊음은 "내기를 건 노인들의 가벼운 흥분으로/비 만난 아욱잎처럼/싱싱한 저녁이 더욱 푸르게 빛난다"(「노인들의 장기판」)에서도 드러난다. 뿐만 아니라 시인은 낡은 물건에서도 유의미한 생명의 흔적을 발견한다. 수명을 다한 경운기가 "한마리 늙고 지친 짐승처럼 쭈그려앉은,/흙에서 멀어진 적막과 폐허"와 같다고 하면서도 "올봄 마지막으로 그가 갈아 만든 논에/실하게 뿌리내린 벼이삭들"(「깊은 눈」)에 눈길을 준다.

이재무 시에서 현실의 '그늘'을 넘어서기 위한 또 하나의 방법은 낭만세계를 지향하는 것이다. 이 시집에 자주 드러나는 유랑의식은 각박한 현실을 벗어나 순수하고 이상적인 세계를 향한 마음의 표현이다. 이를테면 "구름의 문 열고 들어가/높고 쓸쓸한 경전 한권 읽었네"(「운문사」)와 같은 경건한 탈속의 가치, "몰래 숨겨놓은 애인 데 불고／소문조차 아득한 포구에 가서／한 석 달 소꿉장난 같은 살림이나 살다 왔으면"(「좋겠다, 마량에 가면」) 하는 순정한 사랑, "푸른 고독"과 "변방의 야생"을 향해 "쩡 쩡 우는 한겨울 백지의 광야／방랑과 유목의 부족 찾아갈 거야"(「푸른 늑대를 찾아서」)에서의 시원적 세계, "구름 한 점 없는데／가까운 미래 불운 따위／안중에도 없이 세상 모르게 잠든 돼지"(「청명」)로 표상된 무념무상의 경지 등 은 이재무 시의 낭만세계를 구성하는 핵심소들이다. 그 의 낭만 취향은 내면 깊이 드리운 채 인생을 비루하게 만 드는 '그늘'에서 벗어나려는 욕망과 밀접하게 관련된다. 이 낭만의 세계는 "제 깜냥으로 절실했던 청승과 신파／ 이곳에 와서는 다 가짜가 되"(「강진만 갯벌」)는 곳으로서 생명의 본성적, 본능적 가치가 살아 있는 곳이다.

이처럼 이재무 시에서 '나'는 '그늘'이 짙게 드리운 내 면과 현실을 성찰하고 그 대안으로서의 '생명'과 '낭만' 의 세계를 추구한다. 이제 그러한 시세계의 주인공인 '나'가 한 시인으로서의 자의식은 어떠한지 궁금하지 않 을 수 없다. 한 시인의 자의식을 엿보는 일은 그의 시가 배태된 정신적, 정서적 근원을 살펴보는 일과 다르지 않 기 때문이다. 이재무의 시적 자의식은 토마스 만의 「토

니오 크뢰거」(Tonio Kröger)를 끌어들인 아래의 시에 정
확하게 드러난다.

시는 삶에 대한 부드러운 복수라는데
혹, 나의 시는 내 가난한 삶에 대하여
(…)
어쩌면 나는 한 시대 불같이 뜨거운 이념에,
높고 푸른 이상에, 창백한 미래에, 어쩌다
바람에 불려 가로수에 매달리게 된 검은 봉지처럼
위태위태 휘둘려왔는지 모른다
생의 바다에 낡은 그물 고집스럽게 던져오면서
우연히 행운의 대어가 걸려들기를 바라왔는지 모른다
시는 삶에 대한 부드러운 복수라는데
나는 목청 높여 과장되게 고함치고 울어왔는지 모
른다
언젠가 나는 죽을 것이고 내가 낳은
부실한 시편들 중 몇몇은 남아 죽은 나를
비웃을지 모른다 생각하면
참으로 두려운 일이다

　　　　　　　　　　　　　—「부드러운 복수」 부분

소설의 주인공 '토니오 크뢰거'는 소시민적 생활이 지배하는 일상의 삶과 예술이 지향하는 고고한 정신세계를 어떻게 공존시킬 수 있을까 고민하는 작가이다. 그는 생에 대한 니체적 인식에 도달하면서 두 세계를 아우를 수 있는 교량적 문학을 추구하는데, 삶과 예술의 절대적 경계는 있을 수 없다는 토니오 크뢰거의 생각은 "시는 삶에 대한 부드러운 복수"라는 말로 대변된다. 크뢰거가 생각한 삶은 근대시민사회의 속악하고 천박한 부면이고 "부드러운 복수"는 그러한 삶에 대한 예술적 응전을 뜻한다. 이는 이재무의 예술관과 온전히 일치한다. 그는 지난날 "한 시대 불같이 뜨거운 이념에,／높고 푸른 이상에, 창백한 미래에" 집착해온 자신의 "가난한 삶"에 대한 "너무 지독한 복수를 꿈꾸어온 것은 아닐까" 의문을 던진다. 이 반성 어린 마음은 역설적으로 그의 시가 부단히 "부드러운 복수"를 지향해왔다는 사실을 반증한다. 앞서 살핀 시편들에 드러난 것처럼, 이재무 시는 생활세계가 심미적 언어를 얻음으로써 가난하고 지리멸렬한 생활세계에 대한 "부드러운 복수"를 해왔던 것이다.

이처럼 그늘과 생명을 위한 "부드러운 복수"를 추구해온 이재무 시는 현실과 이상, 신념과 감각, 일상과 예술을 절묘하게 결합해냈다는 점에서 주목에 값한다. 이재무는 80년대의 시인이면서 80년대를 넘어선 시인이고 현실주의의 시인이면서 현실 너머의 세계를 꿈꾸는 시인이다. 이재무는 또한 80년대식의 강고한 현실주의를 넘어서기 위해 생활세계와 심미적 감각을 아우르면서 인간적 진정성이 묻어나는 독특한 언어의 세계를 구축했다. 이것은 이재무가 80년대의 다른 리얼리즘 시인들과도 변별되는 지점으로서 급변하는 이 시대에 시 장르의 현실적 합성을 제고하기 위한 적절한 변신의 결과라고 판단된다. 심미적 리얼리즘이라 부를 수 있는 그의 "부드러운 복수"는 오늘의 속악한 현실을 넘어서기 위해 강고한 저항이나 투쟁의 언어보다 훨씬 유용하다. 따라서 이재무의 "부드러운 복수"는 앞으로도 타락한 사회가 존재하는 한 정당하고, 시인의 심미적 영혼이 살아 있는 한 오롯이 아름다울 것이다.

李亨權 | 문학평론가

■

시인의 말

한강변으로 이사온 지 이년이 넘었다. 조석으로 고수부지에 나가 완만한 보폭으로 서해를 향해 흐르는 한강을 따라 걷는 일이 습관이 되었다. 자연 자주, 두서없이 물에 대한 사념에 사로잡히곤 했다.

스크럼을 짜 흐르는 저, 한 물결은 기실 각기 태생이 다른 것들의, 의지가 결여된 연대일 것이다. 탁한 물결 속에서 나는 더러 불운한 상경파들이 오체투지로 써가는 자전들을 읽기도 한다.

가까운 미래에 바다 앞에서 강물은 몇번을 망설이고 부정하다가 이윽고 체념한 듯 순응하여 바다의 일부가 되리라. 그러니 여생은 자세를 한껏 낮추고 겸손하게 살아가야 한다.

한파에 묶여 있는 플라스틱 오리배들 곁으로 청둥오리

가족이 한가롭게 유영을 즐기고 있다. 오리배는 현실이고 청동오리는 이상이다. 오리배와 청동오리 사이에서의 길항과 반목과 주저와 회의를 기록해온 것이 내 시가 아니었을까? 이것 때문에 내 시의 표정이 다소 우울하고 어두운 것은 아니었을까 생각해본다.

1983년 지상에 첫 시를 선보인 이후 24년 동안 시를 써왔지만 내게 있어 시의 정체나 본질은 아직 요령부득이다. 삶에 특별한 전문가가 없듯이 예술행위 또한 각별한 비법이 있을 수 없다. 시는 내게 구원이면서 고통이었다. 그러나 나는 이 즐거운 형벌에 만족한다.

내가 써온 지리멸렬한 시편들은 거의 대개가, 비록 그 용량이 협소하나 생활의 터전에서 발견한 것들이다. '생활의 발견'이야말로 지금까지 그래왔듯 내 시가 끝까지 견지하여야 할 지적 목록이자 재산이다. 하지만 갈수록 흐려지는 시력이 그것을 충분히 감당할는지……

시의 선과 배열에 도움을 준 후배 시인 길상호 군에게 특별히 감사의 뜻을 전한다.

2007년 겨울

이재무

창비시선 282

저녁 6시

초판 1쇄 발행 / 2007년 12월 28일
초판 7쇄 발행 / 2025년 5월 26일

지은이 / 이재무
펴낸이 / 염종선
책임편집 / 황혜숙
펴낸곳 / (주)창비
등록 / 1986년 8월 5일 제85호
주소 / 10881 경기도 파주시 회동길 184
전화 / 031-955-3333
팩시밀리 / 영업 031-955-3399 편집 031-955-3400
홈페이지 / www.changbi.com
전자우편 / lit@changbi.com

ⓒ 이재무 2007
ISBN 978-89-364-2282-0 03810